Johannes Secundus

DIE KÜSSE

In der Übertragung von Franz Blei.

Friedenauer Presse Berlin

AN DEN GEIST DES JOHANNES SECUNDUS

Lieber, heiliger, großer Küsser,
Der du mir's in lechzend atmender
Glückseligkeit fast vorgetan hast!
Wem soll ich's klagen, klagt' ich dir's nicht!
Dir, dessen Lieder wie ein warmes Kissen
Heilender Kräuter mir unters Herz sich legten,
Daß es wieder aus dem krampfigen Starren
Erdetreibens klopfend sich erholte.
Ach, wie klag' ich dir's, daß meine Lippe blutet,
Mir gespalten ist und erbärmlich schmerzet,
Meine Lippe, die so viel gewohnt ist
Von der Liebe süßtem Glück zu schwellen
Und, wie eine goldne Himmelspforte,
Lallende Seligkeit aus-und einzustammeln.
Gesprungen ist sie! Nicht vom Biß der Holden,
Die, in voller, ringsumfangender Liebe,
Mehr möcht' haben von mir, und möchte mich Ganzen
Ganz erküssen, und fressen, und was sie könnte!
Nicht gesprungen, weil nach ihrem Hauche
Meine Lippen unheilige Lüfte entweihten.
Ach, gesprungen, weil mich öden, kalten,
Über beizenden Reif der Herbstwind anpackt.
Und da ist Traubensaft und der Saft der Bienen,
An meines Herdes treuem Feuer vereinigt,
Der soll mir helfen! Wahrlich, er hilft nicht:
Denn von der Liebe alles heilendem
Gift-Balsam ist kein Tröpfchen drunter.

Goethe

2. November 1776
für Charlotte von Stein

DER ERSTE KUSS

Schlafend lag Askanius. So trug ihn Venus
Nach Cythere, bettete ihn auf ein Lager
Von zarten Veilchen und streute Rosen darum,
Weiße Rosen, die dufteten köstlich.
Immer wie sie ihn ansah,
Immer mußte sie an Adonis denken,
Ihre letzte Zärtlichkeit Adonis.
Und immer wollte sie ihn
An sich drücken, und immer wieder:
So war Adonis!
Doch des Knaben Schlaf zu stören
Fürchtete sie — so gab sie Küsse,
Tausend Küsse den Rosen,
Die seines Leibes Lager.
Und wo ihre Lippen die Rosen trafen,
Da wurden die Rosen zu Lippen und gaben der Göttin
Lust zurück . . .
Dann flog von schneeigen Schwänen getragen
Dione über die Erde hin
Und säte Küsse in die lechzende Scholle,
Rosenküsse ohne Zahl.
Dreimal tönte die Erde da,
Wie man es noch nie vernommen.
Und den Äckern der Menschen entsproß
Eine seelige Saat,
Meiner Schmerzen Heilkraut.
Gepriesen seid, ihr Tröster des Kummers,
Ihr feuchten Küsse aus kühlen Rosen,
Lob und Ehre will ich euch singen,
Ihr heißen Küsse aus weißen Rosen.

DER ZWEITE KUSS

Wie die Rebe verliebt um die Ulme sich windet,
Der Efeu die Eiche mit schlingenden Armen umklammert,
So mit deinen gelenken Gliedern
Umschließe du mich, Geliebte!
So möchte ich dich umarmen, Geliebte,
So an mich pressen die weißen Brüste
Ewig und deinen Lippen geben
Den Kuß ohne Ende.
Darüber vergäß ich Ceres und Bacchus und Morpheus,
Nichts könnte von deinem Purpurmund
Lösen mich, du mein Leben!
Und dann —
          eine langsame Barke trüge
Das Paar hinab in die bleiche Welt,
Vorbei an duftströmenden Wiesen.
Wo in immerwährendem Frühling
Die Liebenden wiederfänden die Seligkeiten
Ihrer Liebe . . .
Du hörst sie singen im Wechselgesang
Von ihrer Liebe.
Sie liegen auf Veilchen und Rosen
Und goldnen Narzissen
Unterm leise zitternden Schatten der Myrten.
Lorbeerwälder, von warmen Winden
Leise gerührt,
Entsteigen der Erde,
Die alles spendet, nie
Verwundet von eiserner Pflugschar . . .
Die Seligen sehen uns kommen,
Eilen ans Ufer und führen uns hin,
Wo auf schwellenden Rasenbänken
Bei Rosen die Dichter ruhn.
Und keine von Jupiters allen Geliebten,
Selbst Helena nicht,
Ist eifersüchtig.

DER DRITTE KUSS

Küß mich, so sprach ich, köstliches Mädchen –
Und bald hatten deine Lippen die meinen gefunden.
Da rasch, wie einer erschreckt vor der Schlange
    zurückspringt –
Entringst du meinem Mund deine Lippen.
Das ist nicht küssen, Geliebte,
Das ist nur Verlangengeben
Und Sehnsuchtgeben nach Küssen.

DER VIERTE KUSS

Nicht Küsse, Nektar gibt die Geliebte,
Küssenden Tau der Seele gibt sie,
Und Honig, wie ihn die Bienen
Auf dem Hymettus sammeln oder in Kekrops'
Rosenkelchen.
    Berauschte ich mich,
Geliebte, an deinen Küssen,
Ein Unsterblicher würde ich,
Speiste mit Göttern das heilige Brot.
Hüte, Geliebte, darum die ausgelassenen Küsse
Oder werde unsterblich mit mir.

DER FÜNFTE KUSS

Wenn du mich ganz umschlingend
Pressest in dein weiches hartes Fleisch,
Wenn du mit Hals und Brust
Und gebendem Blick verlangend
Mir an der Schulter hängst, Geliebte –
Deine Lippen in meine gräbst,
Nach dem Beißen girrst,
Gebissen aufschreist,
Die zitternde Zunge hierhin und dorthin führst,
Der zuckenden Zunge hierhin und dahin entfliehst –
Wenn ich deiner Seele liebeausströmenden Atem
Trinke, den weichen, süßduftenden, feuchten,
Diesen Atem, die Amme meines elenden Lebens,
Geliebte – du meine hinfällige Seele,
Die brennende, in zu großer Hitze gekochte,
Zerkocht von der Hitze
Des unvermögenden Leibes,
Wenn du sie kühlst, Geliebte,
Die Glut der erschöpften Lenden,
Du meiner Glut kühlender Hauch –
Dann ruf ich, der Gott der Götter ist Eros,
Und keiner ist größer als Eros,
Und wäre es einer,
Dann du, meine Göttin,
Du Geliebte, allein.

DER SECHSTE KUSS

Von der besten Sorte wurden mir zugesprochen
Zweitausend Küsse. Tausend nahm ich,
Tausend gab ich, und ich gesteh es,
Süße,
Die Zahl ist voll.
Doch kann denn Liebe mit den Zahlen zählen?
Lobt wer Ceres, weil tausend Ähren gereift sind?
Hat wer das Gras gezählt auf Wiesen und Gründen?
Rief wer dich an, o Bacchus, ob hundert Beeren?
Bat je ein Landmann den Gott um tausend Stiere?
Wenn Zeus, der Fromme, die dürstenden Äcker befruchtet,
Niemand zählt die fallenden Tropfen.
Wenn Winde die Lüfte durchschütteln,
Des Donners Hand die zornigen Waffen packt,
Mit wirbelndem Hagel Erde und Himmel peitscht –
Sorglos wirft er es hin, wohin das Schicksal auch falle,
So ziemt es des Herrschers fürstlicher Würde.
Und du, du bist Göttin, und schöner als jene,
Deren schaukelnde Muschel sie durch die feuchte Bahn trägt,
Warum zwängst du zur Zahl die Küsse?
Was zählst du nicht, hartes Mädchen, die Seufzer,
Warum die Tränen nicht,
Deren immerfließende Bäche ihr Ufer fanden
In meinen Wangen?
Zählst du die Tränen, die Küsse auch
Magst du dann zählen,
Doch zählst du nicht Tränen, so zähl auch nicht Küsse!
Und eitlen Trost für traurigste Schmerzen
Gib mir, Küsse zahllos
Für zahllose Tränen.

DER SIEBENTE KUSS

Gäbe ich nach der Begier,
Die in mir mächtig, Geliebte,
Ein Sturm von Küssen
Käm über dich!
Hundertmal hundert Küsse
Hundertmal tausend Küsse,
Und tausendmal tausend mehr
Als Tropfen die See,
Als Sterne der Himmel
Gäb ich den Lippen, den Wangen, den Augen,
Doch während ich küßte die Rosenwangen,
Die Purpurlippen, die Sternenaugen
Und so meinen Wahnsinn verschwendete –
Wie könnten,
Wie würden da meine Augen sehen,
Was sie so gar und ganz berauscht . . .?
Den süßesten Mund, der meinen Kummer
Weglacht,
Die Augen, die meine Tränen trocknen
Und selige Ruh
Meinem Herzen geben?
O welche Schlachten schlagen
Meine Lippen mit meinen Augen,
Die einen voll Eifersucht so auf die andern!

DER ACHTE KUSS

Sag,
Was hat dich Tolle getrieben,
So mir die Zunge zu beißen?
Ist's nicht genug,
Daß du das Herz mir
So schon verwundet mit tausend Dolchen?
Müssen auch noch deine Zähne die Zunge zerbeißen,
Die, ach, so oft dein Lob sang
In Morgenerwachen und Abenddämmern,
Bangen Tagen und bitteren Nächten?
Sie hat dich doch mein Glück genannt,
Mein Leben und meine Süßigkeit,
Meine Taube, meine weiße Turteltaube –
Solltest du sie nicht eher beloben dafür,
Die, was du auch Böses mir tust,
Nur immer dich singt?
Blutend dich singt, deine Augen,
Die Lippen und diese lüsternen Zähne?
O hohe Macht der Schönheit!

DER NEUNTE KUSS

Nicht immer diesen feuchten Kuß!
Nicht immer diesen Blick der Wollust,
Und dieses ganz mich Erdrücken-
Und Sterbenwollen in meinen Armen
. . . . . nicht immer!
Das Maß ist aller Dinge Süßigkeit:
Daß holder noch der Seele
Verliebter Wahnsinn,
Muß sie sich hüten vor der satten Fülle . . .
Will ich von dir neun Küsse,
So gib mir zwei
Und die nur so,
Wie sie Apoll etwa bekommt von seiner keuschen Schwester.
Dann läufst du weg,
Versteckst dich heimlichen Orts
Und ich dir nach, und
Fasse die Beute,
Wie die Taube der Falke packt –
Du gibst dich, besiegt,
Und gibst dich und hängst mir am Halse,
Und sieben Küsse willst du mir geben,
Sieben lachende Küsse –
Doch siebenmal sieben ganz andere Küsse
Geb ich dir
Und laß dich nicht los
Und halte dich so
Und küsse dich! Küsse dich . . .!
Bei allen deinen Reizen schwörst du dann,
Öfter noch
Für gleiches Vergehen
Die gleiche Strafe zu dulden.

DER ZEHNTE KUSS

Welche Küsse mir die liebsten soll ich sagen?
Gibt es da zu wählen denn, Geliebte?
Gibst du mir die feuchten Lippen,
Dank ich ihnen.
Gibst du mir die brennend heißen,
Lieb ich diese,
Und wie ist es süß,
Die Augen dir zu küssen.
Wenn sie so vergehen, sterben,
Diese Augen, meiner Leiden Quelle.
Und wie ist es Wollust,
Über deine Wangen, Hals und Schultern,
Über deines Busens Alabaster
Kußmale, rote, dir zu säen!
Ist es Wollust,
Deiner Zunge spitzen Dolch
So mit meinen Lippen zu umschließen . . .
Unsre Seelen ineinanderfließen,
Eins im andern so vergeht,
In Lust erstirbt . . . . .!
Ob deine Küsse während oder kurz,
Vergehend gebend oder wild und bissig,
Du Vielgeliebte — alle lieb ich sie,
Gleich köstlich sind mir alle,
Deine, meine.
Nur eines: Gib
Niemals den Kuß zurück, den ich
Dir gab — küß immer anders.
Es soll ein wechselvolles Spiel sein.

DER ELFTE KUSS

Manche sagen, meine Küsse seien ganz
Unanständig,
Und sagen, so hätten doch unsere Väter
Nie geküßt –
Da hast du's, Geliebte!
Ach, lieg ich bei dir
Und sterb ich in deinen Küssen,
Da kaum ich weiß, wo ich bin,
Wie soll ich da mich bekümmern um das,
Was die Menschen von meinen Küssen sagen?
– Da lacht sie, sie, die ich liebe,
Und legt ihrer Arme weißes Geschmeide
Mir um den Hals . . . . . und küßt . . . . .
Und küßt . . . . .
Und spricht dann:
Du fürchtest wohl gar das gestrenge Urteil
Der Wohlanständigen?
Vor mein Gericht allein
Gehört diese Sache.

DER ZWÖLFTE KUSS

Was wendet ihr weg von hier den Blick,
Ihr, prüdeste Damen, ihr, keuscheste Mädchen?
Sing ich vielleicht olympische Liebesgeschichten,
Ungeheure erotische Abenteuer?
Sind meine Verse schmutzig von geilen Worten?
Ich sage: es kann sie den Schülern
Der strenge Lehrer zu lesen geben.
Ich singe von köstlichen Küssen,
Ein keuscher Priester der keuschen Kunst –
Und dennoch,
Und dennoch die wütenden Augen
Der heimlich-unheimlichen strengen Matronen
Und furchtsamen kleinen Mädchen?
Ach, ist mir vielleicht im schönen Wahnsinn
Ein Vers gelungen, für den ihr zu schlecht?
Dann lauft nur weit, weit fort von mir,
Ihr Keuschen und Keuschesten,
Die ihr so rasch errötet,
Die ihr so stolz tut mit eurer Scham!
Ach, wie viel keuscher ist sie doch,
Sie, die ich liebe,
Und die es sicher viel lieber sieht,
Es fehle den Versen die Mannheit
Als ihrem Dichter.

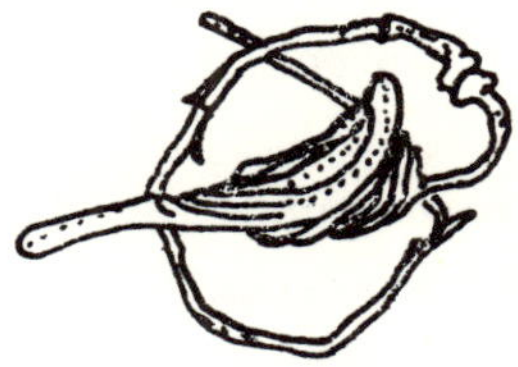

DER DREIZEHNTE KUSS

Matt vom süßen Streite, mein Leben,
Gleit ich an deiner Seite nieder.
Weich liegt auf deiner Brust meine Hand.
Aller Atem ist aufgezehrt im glühenden Munde,
Kann nicht mehr geben, daß meine Lungen
Frisch sich rühren . . .
Vor meinen Augen schon seh ich den Fluß, den dunklen
Charon des Alten fahle Barke darauf –
Schattenland ohne Sonne . . .
                Da kam ein Kuß,
Ein Kuß auf meine Lippen,
Der stieg aus deinem heißen Herzen auf!
O Kuß, du riefest mich ins Leben wieder.
Allein fuhr heim der traurige Fährmann.
Allein? Ich irrte – nie kehrt ja
Leer der Nachen ans andere Ufer:
Mein kläglicher Schatten
Schwebt schon dort unten.
Es ist von deiner Seele, Geliebte,
Das Leben in meinem Leibe,
Deine Seele ja, die noch hält
Ein gebrechliches Haus.
Und die ungeduldige kranke,
Dies Stück von dir,
Es sucht nach einer heimlichen Tür,
Zurückzukehren zum Ganzen,
Woher es kam . . .
Schon will es mich Armen ganz verlassen,
Wenn du nicht, du mit deiner Seele Atem
Es wieder erkennest und nährst und tröstest –
Eile, Geliebte, gib deinen Lippen,
Daß ein Kuß uns beide erhalte,
Bis
Im Rausch nur eine Seele
Fließt in unserer Körper
Unersättlicher Paarung.

DER VIERZEHNTE KUSS

Was hältst du mir die Lippen hin!
Nun will ich dich nicht küssen, Harte du,
Du, härter noch als härtester Stein.
Warum verlangst du, daß ich solchen Preis
Für Küsse zahle, die so billig?
Dafür, daß in mir tobt ein ganz sinnloses Feuer,
Von Wut und Liebe, Eifersucht und Haß,
Dafür, daß ich mich ganz und gar verbrauche
In dir . . . . Wohin?
Wohin? O bleib! Entzieh mir nicht
Der Augen Trost und nicht der Lippen Feuerrot –
Schon – schon will ich, muß ich dich ja küssen,
Weiche du,
Noch weicher als des Schwanes weichster Flaum.

DER FÜNFZEHNTE KUSS

Cupido hob den Bogen einst auf dich, Geliebte –
Da sah er deiner Stirne weiße Herrlichkeit,
Der Augen Wollust und die Brust
So schön, wie schöner nicht die seiner Mutter,
Der Göttlichen.
Weg warf er da Bogen, Pfeile
Und stürzte jubelnd in deine Arme
Und gab dir Küsse, tausend
In tausend zärtlichen Verschiedenheiten.
Und bis ins Herz des Herzens
Flossen durch deine Lippen
Dieser Küsse cyprische Düfte,
Dieser Küsse göttliche Seligkeiten . . .
Dann aber tat Cupido den Schwur:
Dir niemals mehr das Herz zu rühren . . .
Frag ich noch, warum deine Küsse so duften?
Frag ich noch, weshalb so grausam dein Herz?

DER SECHZEHNTE KUSS

Du, strahlender noch als der Latona Sternbild,
Du, leuchtender noch als die Himmelsleuchte der Venus –
Gib mir Küsse,
Gib mir soviel Küsse,
Als Lesbia gab dem nimmersatten Catull,
Soviel Küsse,
Als Lüste dir auf den Lippen liegen,
Soviel Küsse,
Als Leben und Tode deine Augen geben,
Soviel Küsse,
Als du Freuden und Schmerzen mir antust,
Und gib mit deinen Küssen
Noch schmeichelndes Kosen
Und Lächeln und süßeste Worte
Und jenes Schweigen, redsamer als alles Reden,
Und Flammenatem
Und deiner Zähne Beißen . . .
Sinnlos trunken sinkest du über mich . . .
Halt mich, seufzest du noch, ich sterbe . . .
Und ich halte dich,
Halte dich ganz und ganz
Und ein Kuß –
Ein Kuß gibt dir
Das Leben wieder, nimmt mir das meine.
So laß uns unseres Lebens Frühling
Hinküssen –
Mag dann der Herbst uns herbe Früchte bringen
Und Winter uns den bittern Tod.

DER SIEBZEHNTE KUSS

Wie die nachtbetaute Rose
Tausend Farben strahlt am Sonnenmorgen,
Also strahlen morgens deine Lippen –
Die ich küßte eine lange Nacht.
Bleich dein Antlitz und so rot die Lippen –
Wie in einer weißen Mädchenhand ein Veilchen,
Eine erste Kirsche, die rotleuchtend
Lacht in eine Frühlingsau aus grünem Laube . . .
Daß ich meiden muß dein Bett
Den langen Tag
Nach Nächten solchen Küssens . . .!
Laß mir am Abend noch
Die Lippen so entgegenleuchten,
Geliebte du!
Eines andern Kuß, wenn du ihn littest,
Dann würden bleicher noch als meine Wangen
Mir abends deine Lippen scheinen.

DER ACHTZEHNTE KUSS

Wie wenn ein Künstler schüfe
Aus mattem Elfenbein, roten Korallen
Ein sonderbares Kunstwerk – so
Sind meiner Liebsten Lippen
Strahlend in ihrem weißen Antlitz.
Als Venus der Geliebten Lippen sah,
Da rief sie weinend ihre Knaben:
»Daß meine Lippen einst den Preis
»Von einem Schäfer mir gewannen –
»Was ist mir das, da nun ein Dichter
»Die Lippen seiner Liebsten schöner nennt
»Als meine . . .!
»Geht hin zu ihm, laßt auf ihn
»Die schärfsten Eurer Pfeile los,
»Daß bis ins tiefste Herz sie ihn verwunden.
»Doch jene rührt nur leicht mit einem Pfeil aus Blei:
»Träg soll ein laues Blut in ihren Adern fließen
»Für ihn.
– Und so geschah's,
Mir brennt das Herz,
Ein heißer Sturm dörrt mir die Seele aus,
Du – kalt wie Eis und so ganz deiner sicher,
Lächelst deines Geliebten Ohnmacht . . .
Undankbare! Weil ich sie sang und pries
Die roten, deine roten Lippen,
Werd ich so hart bestraft.
Grausame, weißt du nicht, warum
Du grausam so?
Kennst du den Zorn nicht
Der Göttlichen?
Sei weich, sei gut, Geliebte,
Trink in Küssen meine Seele,
Trinke sie ganz und fürchte
Die Götter nicht.
Fürchte sie nicht,
Müssen sie doch
Der Schönheit gehorchen!

DER NEUNZEHNTE KUSS

Honigtrunkene Bienen, was sucht ihr
Noch immer in Thymus und Rosen?
Was trinkt ihr aus Veilchen noch
Morgentauigen Nektar?
Was laßt ihr euch immer noch
Locken vom duftenden Fenchel?
Kommt,
Dort auf meiner Geliebten Lippen
Da ist ein süßestes Rosendüften,
Da ist des Thymus und Fenchels
Süßester Tau
Und Veilchenatem . . .
Feucht sind sie von des Narzissus Tränen.
Feucht vom Blute des Adonis:
Wohin es floß mit den Tränen der Venus,
Da glühten schwellende Blüten auf
In Farben und Wohlgerüchen . . .
Kommt auf meiner Geliebten Lippen!
Doch vom Honig, den ich euch da verrate,
Davon gebt auch mir und tragt
Nicht alles in eure Körbe –
Und daß ihr nicht ganz
Austrinkt der Liebsten Mund
Mit eurem süßen Diebstahl!
Harte Strafe träfe da meinen Verrat:
Ich küßte trockene Lippen.
Und euren Stachel hütet!
Sie tötet euch sonst mit dem schärferen noch
Ihrer Augen!
Suchet den Honig auf ihren Lippen,
Doch tut ihr nicht weh.

EPILOG

Deine Schönheit ohnegleichen
Geliebte,
Hat mir das Herz genommen
Und ganz verzaubert,
Doch weiß ich dich schlecht,
So schlecht
Und aller Laster Gefäß.
Nicht nackt,
Nein, nicht nackt ist's,
Daß du am schönsten bist,
Ganz bekleidet in deiner Gewänder Schmuck,
So, ja so
Bezwingst du mich
Ganz.
Deine Küsse, ja,
Deine Küsse –
Und nichts sonst.
Als die Göttlichen dich so reich, so reich
Mit allen Gnaden beschenkten,
Sparten sie auch das Schlimme nicht
Und nicht das Böse –
Alles gaben sie dir, was Götter nur
Geben können –, Süße und Bitternis:
Ach, wie scharfsichtig,
Tausendaugig die Liebe ist
Für der Geliebten schöne Dinge!
Und blind, ganz blind
Und weggewandten Gesichts
Für der Geliebten Fehler.

NACHWORT

Es war eine Zeit für Küsse. Das früheste Gedicht des Jan Nicolai Everaerts, genannt Johannes Secundus, ist ein Hymnus aus dem Jahre 1529. Er ist 18 Jahre alt und besingt den Frieden, den König Franz I. und Kaiser Karl V. in Cambrai geschlossen haben: nun breche das ewige Reich der Sinnenfreude an. Mit zwanzig stirbt sein erster Lehrer und er verliebt sich. Die Liebe – zu einer Julia – ist unglücklich. Weiter als bis zu den Säulen des Herkules, bis ans Ende der Welt will er nun. Aber zunächst wird es eine Reise auf die Universität nach Bourges. Was er unterwegs sieht, schreibt er auf: Kinder, die einen Hügel bei Senlis herunterkobolzen; die marmorne Schönheit der Liebenden Karl XII. und Anne von Bretagne in St. Denis. Der Tod ist noch nicht zu übersehen im Leben. In Bourges überlebt Everaerts die Pest.

Ein älterer Bruder ist Sekretär beim Kaiser. Auch Jan Nicolai Everaerts zieht 1533 nach Spanien. Er reist und jagt mit dem Bruder, schreibt – oft noch im Sattel – Gedichte, die seinen Ruhm verbreiten. Ein Jahr nach seiner Ankunft wird er Sekretär des Erzbischofs von Toledo; er befreundet sich mit dem aufgeklärten Hurtado de Mendoza und betrauert den Tod des Thomas Morus. Die Kurtisane, die er nach einer von Horaz' treulosen Schönen Neaera nennt, lernt er am Hof in Madrid kennen, und aus dieser Begegnung entstehen die anmutigen *Küsse*, geschrieben in Lateinisch, dem Esperanto der Neuzeit.

»All das ist nichts, wenn keine Liebe ist«, schreibt er über den Glanz des Hofes; schreibt es, als er bereits den Ruf hat, der neue Homer zu sein. Er soll Kaiser Karls Zug nach Tunis gegen Barbarossa begleiten und besingen, aber da ist er schon krank. Im September 1536 stirbt er in Holland. Spanien hatte ihm nie wirklich gefallen; er liebte die häusliche Natur der Niederlande.

Die *Küsse* dieses Jünglings, der in einem Epigramm Zärtlichkeiten in der Kirche empfahl, wirken weiter; seit dem 16. Jahrhundert hat er Nachahmer im Sujet und Schüler in der Form. Küsse, Haare, Augen – ein ganzer Empirismus im Dienste der weiblichen Schönheit entsteht; aber im Terror der Religionskriege, in der Prüderie der aufkommenden bürgerlichen Epoche wird schwüler und überladener, was bei Everaerts frisch, schlank und leicht war.

Er hat vor allem die Dichter erfreut. Die *Küsse* waren ein Lieblingsbuch von Montaigne. Alexander Pope preist seine heidnische und großzügige, ursprüngliche Toleranz. Mirabeau stellt im Kerker von Vincennes eine kräftige Prosaübersetzung der *Küsse* für seine Geliebte Sophie her, und Goethe richtet ein Gedicht an den »Lieben, heiligen, großen Küsser«.

Franz Blei hat Johannes Secundus für Nichtlateiner und Küssende im zwanzigsten Jahrhundert lesbar gemacht. Seine Übersetzung, freier und dem Original ähnlicher als andere, ist 1906 im Insel Verlag, Leipzig, erschienen.

Mathias Greffrath

Mit einem Nachwort von Matthias Greffrath.
Den Umschlag und die Vignetten zeichnete Horst Hussel.

Katharina Wagenbach-Wolff, Carmerstr. 10, 10623 Berlin.
 3. Auflage.
Gesetzt in der Korpus Walbaum-Antiqua. Den Satz besorgte Harald Weller, Berlin. Gedruckt bei der Buchdruckerei Sayffaerth und Krohn, Berlin.
Printed in Germany ISBN 3-921592-40-2